Pequenas Grandes Sonhadoras

MULHERES VISIONÁRIAS PELO MUNDO

VASHTI HARRISON

Tradução de Carolina Candido

HarperKids

Rio de Janeiro, 2025

Título original: *Little Dreamers*

Diretora editorial: *Raquel Cozer*
Gerente editorial: *Alice Mello*
Editora: *Lara Berruezo*
Editoras assistentes: *Anna Clara Gonçalves e Camila Carneiro*
Assistência editorial: *Yasmin Montebello*
Copidesque: *Fernanda Marão*
Revisão: *Raïtsa Leal*
Adaptação de projeto: *Guilherme Peres*
Texto "Tarsila do Amaral" para ediçao brasileira: *Mila Teixeira*

Dados Internacionais de Catalogação na Publicação (CIP)
(Câmara Brasileira do Livro, SP, Brasil)

Harrison, Vashti
Pequenas grandes sonhadoras : mulheres visionárias pelo mundo / Vashti Harrison ; tradução Carolina Candido. -- Rio de Janeiro : HarperKids, 2023.

Título original: Little dreamers : visionary women around the world
ISBN 978-65-5980-036-0

1. Biografia - Literatura infantojuvenil 2. Mulheres - Biografia - Literatura infantojuvenil 3. Mulheres cientistas - Biografia - Literatura infantojuvenil I. Título.

23-142048 CDD-028.5

Índices para catálogo sistemático:
1. Mulheres : Biografia : Literatura infantil 028.5
2. Mulheres : Biografia : Literatura infantojuvenil 028.5

Inajara Pires de Souza - Bibliotecária - CRB PR-001652/O

Rua da Quitanda, 86, sala 218 – Centro
Rio de Janeiro, RJ – CEP 20091-005
Tel.: (21) 3175-1030
www.harpercollins.com.br

FONTE DAS CITAÇÕES

32 [...] "que uma mulher negra pode inventar algo que beneficie a humanidade": Bessie Blount Griffin, *Virginian-Pilot*, 9 set. 2008.

37 "A arte de um povo é a gênesis de sua liberdade." – Claudia Jones no panfleto que criou para o Carnaval de 1959.

68 [...] "por sua contribuição para o desenvolvimento sustentável, a democracia e a paz": Prêmio Nobel da Paz 2004 (Nobelprize.org).

Este livro foi impresso pela Ipsis, em 2025, para a HarperCollins Brasil. O papel do miolo é offset 150g/m^2 e o da capa é couchê 150g/m^2.

PARA TODAS AS MULHERES CUJAS

IDEIAS FORAM CHAMADAS

DE INVIÁVEIS, IDEALISTAS, GRANDIOSAS,

EXTRAVAGANTES, FANTASIOSAS OU MALUCAS.

PARA TODAS QUE OUSAM

SONHAR GRANDE.

Sumário

Introdução

Quando dizemos que uma pessoa é visionária, isso quer dizer que ela é algum tipo de gênio. Celebramos essas pessoas como sendo as melhores das melhores. São vistas como líderes, fontes de inspiração e modelos a serem seguidos. Mas chegar a esse nível de sucesso exige muito trabalho. Pode demorar anos até que sejam compreendidas. É comum que a maioria das demais pessoas não consiga enxergar onde as visionárias querem chegar. Algumas são chamadas de loucas; outras, de sonhadoras. Zaha Hadid passou anos sem conseguir aprovação para construir prédios porque seus projetos não eram compreendidos. Esther Afua Ocloo ouviu muita gozação por vender produtos caseiros na rua. Eiko Ishioka foi advertida de que o mundo do design não era lugar para mulheres. Só que elas tinham um propósito e não deixaram que nada disso impedisse seu caminho.

As mulheres neste livro tinham uma visão diferente. Elas viam coisas que ninguém via. Faziam perguntas que ninguém fazia. E escolheram fazer algo a respeito disso. Para muitas delas, demorou bastante para que fossem compreendidas e tivessem seus esforços valorizados. Muitas estavam à frente de seu tempo e abriram portas para outras mulheres. Algumas ainda estão à frente de seu tempo, e torcemos para que um dia sejam reconhecidas pela forma como pensam.

Por meio da curiosidade e do pensamento criativo, essas mulheres comuns fizeram coisas extraordinárias. Graças à persistência e à disposição para cometer erros, causaram um impacto duradouro em seus campos de estudo, e algumas até mudaram o mundo.

Eu sabia que queria preencher este livro com as histórias de mulheres criativas, mas também queria desafiar a ideia do que é a criatividade. Essa palavra costuma estar mais associada a artistas do que a cientistas. No entanto, os dois campos exigem pensamento crítico e originalidade. Eu queria ver as histórias dessas mulheres reunidas porque quando seus esforços se cruzam, coisas incríveis acontecem. Por vezes, a arte pode ser bastante técnica, como no trabalho de Monir Shahroudy Farmanfarmaian, e de vez em quando a ciência pode exigir muita imaginação, como no caso de Bessie Blount Griffin, uma enfermeira que também era inventora!

Quando criança, eu achava que as artes e as ciências eram mundos completamente diferentes. Eu gostava de desenhar e era boa em matemática, mas nunca achei que pudesse usar essas duas habilidades juntas. Não me ocorria que o desenho poderia ser usado, por exemplo, na engenharia e na arquitetura! Somente muitos anos depois percebi que não preciso me colocar em uma única caixa. O que teria acontecido se eu tivesse reunido as duas habilidades antes? Acho que Ada Lovelace diria que isso me levaria a um lugar incrível.

Ada acreditava em algo que chamava de ciência poética. Ela dizia que, ao separar arte e ciência, nunca se poderia entender por completo a essência de uma ideia. Ela não deixava que a paixão por arte e ciência a dividisse – para ela, usar as duas ao mesmo tempo era valioso. Olhar para o mundo com muitos pontos de vista pode levar à inovação real e criar verdadeiro potencial para o futuro.

Espero que essas biografias inspirem você a criar, inventar, imaginar, tentar coisas novas, cometer erros e fazer perguntas. Nas páginas a seguir, você vai aprender sobre pintoras e artistas de serigrafia, dançarinas e escritoras, microbiologistas e químicas. As Pequenas Grandes Sonhadoras estão aqui para guiar você nessa jornada ao redor do mundo, pelo espaço e pelo tempo. Deixe que elas inspirem seu futuro!

Fatima Al-Fihri

século IX

FILANTROPA EDUCACIONAL

TUNÍSIA E MARROCOS

Não há muita informação a respeito da vida de Fatima. Ela viveu há mais de mil anos! Era raro, naquela época, que a história de uma mulher fosse registrada, mas o legado que Fatima deixou é bastante notável e ela não será esquecida.

Uma de duas filhas de um mercador rico, ela era educada e devota. Quando criança, a família migrou de al-Qayrawan, onde hoje fica a Tunísia, para Fez, no Marrocos. Eles fizeram parte de um grande fluxo de pessoas que levaram negócios e cultura para a cidade. Mas grande parte da nova população era de fé muçulmana e não havia mesquitas para todos. Mesquitas são templos religiosos que também servem como espaço para que a comunidade possa se reunir. Quando o pai de Fatima faleceu, deixou uma grande herança para ela e a irmã. As duas queriam usar o dinheiro para ajudar a comunidade. Fatima decidiu usar a parte dela para construir a maior mesquita do norte da África. Ela imaginou não apenas um local de fé, mas também uma madraça, que é uma casa de estudos.

Fatima se interessava por arquitetura e supervisionou toda a construção do prédio. Com o mesmo nome da cidade em que ela nasceu, a Al Quaraouiyine foi inaugurada em 859. Durante as décadas que se seguiram, o currículo da madraça cresceu para incluir estudos de ciências naturais, além de religião, o que fez dela a primeira instituição do mundo a conceder diplomas; um modelo para futuras universidades! Seu impacto foi além do Marrocos e atraía estudantes de todas as partes, entre eles o estudioso Gerbert of Aurillac. Ele acabou se tornando o papa Silvestre II – conhecido por introduzir os números arábicos na Europa medieval!

Em 1963, Al Quaraouiyine se tornou uma universidade estadual. Ela é a mais antiga universidade em operação no mundo. A visão de Fatima, tempos depois de sua morte, continua viva: acadêmicos e fiéis ainda estudam na instituição que ela criou.

Wang Zhenyi

1768–1797

ASTRÔNOMA, POETA E MATEMÁTICA

CHINA

Nascida em uma família de acadêmicos durante a dinastia Qing, Zhenyi teve a sorte de poder estudar, o que era raro para uma menina naquela época. Seu avô tinha uma coleção de livros enorme, algo também raro, já que o imperador era bastante rigoroso a respeito do que era considerado aceitável de ser lido. Ela aprendeu de tudo: de Astronomia e Matemática até poesia, mas não passava todo o tempo debruçada sobre os livros: também aprendeu o arco e flecha e as artes equestres.

Muito do que sabemos a respeito de Zhenyi está em seus escritos. Ela deixou 12 volumes de poemas e muitos trabalhos acadêmicos. Usava a poesia para descrever e criticar o mundo ao seu redor. Com frequência, escrevia sobre a desigualdade entre homens e mulheres, além de outras injustiças sociais. Se o imperador era rigoroso em relação aos livros que as pessoas podiam ler, imagine quão corajosa Zhenyi precisou ser para o criticar em sua poesia!

Zhenyi amava as estrelas e publicou diversos volumes de Matemática e Astronomia para iniciantes. Em seu tempo, era comum que os fenômenos no céu fossem considerados sobrenaturais. Ela acreditava que havia uma explicação lógica para eventos cósmicos e provou isso ao explicar os eclipses. Usando uma mesa para representar a Terra, uma lâmpada como Sol e um espelho como a Lua, demonstrou que quando os três corpos se alinhavam, a Lua bloqueava a visão do Sol ou a Terra bloqueava a luz do Sol, impedindo que chegasse até a Lua, formando um eclipse.

Acima de tudo, Zhenyi queria compartilhar seu conhecimento, então, antes de falecer, certificou-se de que seus poemas e trabalhos acadêmicos fossem mantidos a salvo. Muitos foram publicados após sua morte. A vida que Zhenyi criou para si mesma não era limitada pelas regras do que uma mulher podia ou não podia ser. Ela viu um mundo com infinitas possibilidades para meninas e potencial para que todos tivessem a liberdade de estudar o que quisessem.

Ada Lovelace

1815 – 1852

PROGRAMADORA

INGLATERRA

O que acontece quando a imaginação e a tecnologia se juntam? Ada representava essa união. O pai dela, Lord Byron, era poeta, e a mãe, Anne Isabelle Milbanke, amava matemática. Talvez tenha sido a combinação da sensibilidade dos pais que tornou Ada tão especial. Com uma visão única do mundo, ela não apenas sonhava em ser uma fada – ela também sabia que precisava desenvolver um jeito de voar.

Ada cresceu durante a **Revolução Industrial**, uma época em que cientistas e artistas se reuniam para discutir novas invenções e criações. Em uma dessas reuniões, Ada viu o matemático Charles Babbage demonstrar o uso de uma máquina mecânica para somar. Ela pediu que Charles a desse uma mentoria, o que ele, a princípio, recusou. Ele estava trabalhando em algo novo: a Máquina Analítica, inspirada por teares mecânicos usados na indústria têxtil.

Para provar seu valor, Ada traduziu um artigo do italiano para o inglês a respeito da máquina que ele havia criado. Ela adicionou suas próprias observações, fazendo com que a tradução ficasse três vezes maior do que o artigo original! Ada entendeu que a Máquina Analítica poderia ser programada para fazer tarefas ilimitadas e desenvolveu a fórmula para programá-la, a fim de calcular a sequência matemática conhecida como números de Bernoulli. Ela teve a visão de um computador de uso geral um século antes da invenção do primeiro computador.

Apesar de Ada e Charles terem trabalhado juntos, eles nunca construíram a Máquina Analítica. As contribuições de Ada foram negligenciadas até a década de 1950, quando a tradução que fez do artigo foi descoberta. O trabalho com os números de Bernoulli é considerado a primeira programação de computador, fazendo de Ada a primeira programadora da história. Ela acreditava muito no que chamava de "ciência poética", uma síntese da criatividade e da tecnologia, e que a imaginação humana podia ser combinada com a tecnologia para uma rápida guinada em direção ao futuro.

Marie Curie
1867–1934

FÍSICA E QUÍMICA

POLÔNIA E FRANÇA

Marie cresceu em Varsóvia, na Polônia, quando grande parte do país estava sob o comando de um opressivo governo russo. Formou-se aos 15 anos, mas não havia lugar para ela nas universidades, que eram só para homens. Determinada a aprofundar os estudos, frequentou uma "universidade itinerante", instituição secreta em que mulheres e poloneses patriotas podiam estudar. Por fim, aos 24 anos, após economizar e ajudar a irmã a obter um diploma, ela foi aceita na Universidade de Paris.

Estudou bastante para chegar no mesmo nível dos colegas de classe e se formou em Física e Matemática. Queria voltar para a Polônia e se tornar professora, mas, por ser mulher, foi recusada. Conheceu um jovem cientista, Pierre, que ficou impressionado com ela. Apaixonado, implorou para que ela ficasse em Paris, se inscrevesse no doutorado e se casasse com ele. E foi o que ela fez.

Em 1896, o físico Henri Becquerel havia descoberto que o sal de urânio emitia um brilho estranho. Marie queria saber o porquê. Descobriu que o brilho persistia sob todas as condições e concluiu que sua causa deveria ser atômica: os **átomos** de urânio têm um núcleo instável, então emitem partículas e liberam energia. Ela nomeou esse fenômeno de **radioatividade**.

Pierre se juntou à pesquisa dela e, juntos, descobriram dois novos elementos, que chamaram de polônio (em homenagem à Polônia, que ela amava) e rádio. Em 1903, Marie, Pierre e Henri Becquerel receberam o Prêmio Nobel de Física. Em 1911, ela recebeu um segundo Prêmio Nobel, desta vez em Química, pelo trabalho que fez com elementos radioativos e que teve um impacto duradouro nas pesquisas científicas e descobertas médicas. Marie foi a primeira pessoa a receber um Prêmio Nobel em dois campos diferentes.

A lista de realizações de Marie é enorme: foi a primeira professora mulher na Sorbonne, ajudou a provar que átomos são divisíveis e criou um aparelho de raio-X portátil que foi usado na Primeira Guerra Mundial. Ainda assim, por todo esse tempo, teve dificuldade para pagar as contas. Mas a paixão de Marie fazia com que continuasse, e sua curiosidade e visão única a guiaram para importantes descobertas científicas.

Ra
Po

Edith Head

1897–1981

FIGURINISTA

ESTADOS UNIDOS

A infância de Edith foi solitária. Sua família se mudava com frequência pela região sudoeste do país, o que a impedia de fazer muitos amigos. Ela brincava sozinha nas planícies áridas, mas, em sua imaginação, o mundo se tornava vivo. Como não tinha brinquedos ou bonecas, Edith fazia estatuetas com madeira das plantas do deserto, as vestia com retalhos e tomava o chá da tarde com elas, sonhando com uma vida glamourosa. Quando estava no Ensino Médio, a família se mudou para Los Angeles e foi como um sonho que se tornava realidade. Edith participou de peças, fez aulas de teatro e desenvolveu um olhar afiado para o design.

Em 1923, viu um anúncio de emprego de figurinista na Paramount, um dos maiores estúdios em Hollywood. Ela se candidatou, mesmo sem ter experiência, e os convenceu a lhe darem a vaga. Edith rapidamente provou seu talento e em 1938 já havia se tornado a principal figurinista do estúdio. Ela trabalhou em mais de mil filmes e foi indicada 35 vezes para o Oscar. Ela ganhou 8 estatuetas, um recorde.

Edith tinha o cuidado de conversar com as estrelas que iria vestir. A conexão que criava com os artistas fazia com que suas criações ganhassem destaque nos filmes. Uma vez que conhecesse a personalidade da pessoa, podia criar um figurino que ajudaria a transformar na personagem. Alguns de seus looks mais icônicos foram os criados para Grace Kelly, Audrey Hepburn e Hedy Lamarr.

A própria Edith usava looks icônicos, sempre ostentando um penteado chique com franjas ousadas, óculos redondos e um guarda-roupa restrito às cores preto, branco e bege.

Edith é celebrada como uma das maiores estilistas de Hollywood. Seu talento a levou para além do mundo dos filmes: ela escreveu dois livros sobre moda e figurinos em Hollywood e criou os uniformes femininos da Guarda Costeira dos Estados Unidos, deixando sua marca na história para além das telonas.

Hedy
Lamarr
Sansão
e
Dalila

Peggy Guggenheim
1898–1979

COLECIONADORA DE ARTE E FILANTROPA

ESTADOS UNIDOS E ITÁLIA

Nascida na próspera família Guggenheim, a herdeira e socialite Peggy mergulhou no mundo da arte somente aos 39 anos. Colecionar obras de arte não era algo desconhecido para ela, já que seu tio Solomon fazia o mesmo (ele foi o fundador do Museu Guggenheim em Nova York). Seu interesse surgiu quando ela conheceu o artista Marcel Duchamp, que a orientou no mundo da arte. Apesar de não ser artista, Peggy floresceu no novo estilo de vida, mudando-se para Paris e fazendo amizade com pintores, músicos e cineastas.

Em 1938, Peggy abriu sua primeira galeria, a Guggenheim Jeune, em Londres, que exibia obras de arte contemporânea e **abstrata**. Ela começou a reunir muitas peças em sua coleção pessoal e logo passou a ter ambições maiores: criar um museu. Infelizmente, a Segunda Guerra Mundial se aproximava. O regime nazista na Alemanha rejeitava qualquer representação de sensibilidade moderna e começou a destruir toda a arte considerada corrupta. Percebendo a urgência da situação, Peggy comprou a maior quantidade de quadros que conseguiu, um quadro por dia, e os contrabandeou para fora da França.

Quando retornou aos Estados Unidos, Peggy criou a galeria Art of This Century [Arte desse século], em Nova York, onde exibiu todos os quadros que resgatara: obras **cubistas, surrealistas** e abstratas de artistas hoje celebrados. A arte deles poderia ter sido destruída, mas, graças a Peggy, está preservada. Peggy defendia artistas que com frequência eram ignorados. Ela deu a Jackson Pollock a oportunidade de fazer sua primeira mostra e organizou a primeira exibição de artistas contemporâneas mulheres em Nova York. Aposentou-se e foi morar em Veneza, na Itália, com toda sua coleção pessoal. Em 1951, abriu a casa para visitas e, hoje, o local é um importante museu de arte moderna na Itália.

Grace Hopper

1906–1992

ALMIRANTE DA MARINHA E ENGENHEIRA DA COMPUTAÇÃO

ESTADOS UNIDOS

Grace sempre teve curiosidade em saber como as coisas funcionavam. Aos 7 anos desmontou um despertador só para entender o que acontecia lá dentro. Depois, com facilidade, montou o relógio de volta! Na faculdade, Grace estudou Matemática e Física e se tornou professora. Ela tinha grande habilidade para explicar conceitos complicados.

Quando os Estados Unidos entraram na Segunda Guerra Mundial, Grace quis ajudar. A Marinha dos Estados Unidos a rejeitou diversas vezes, por ser pequena e considerada velha. Mas Grace insistiu e, em 1943, juntou-se à Reserva da Marinha dos Estados Unidos por meio do programa WAVES (mulheres aceitas para serviços voluntários de emergência). Ela foi designada para um projeto especial: fazer o Harvard Mark I, o primeiro computador eletromecânico norte-americano que forneceria cálculos para a vencer a guerra. Entretanto, primeiro era preciso que alguém o programasse. O computador (com 16 metros!) era novidade para todos, mas assim como no caso do despertador, Grace descobriu o que fazer. O trabalho dela era escrever um livro que explicasse como usá-lo – o primeiro manual de um computador! Em 1949, Grace trabalhou em uma empresa que fez a programação do primeiro computador comercial. Ela pensou que seria mais fácil se os usuários pudessem se comunicar com o computador em inglês, mas seus colegas de trabalho riram da ideia. Grace fez um teste, e sua equipe foi a criadora do precursor do **COBOL,** a linguagem de programação mais útil de todos os tempos.

Grace retornou à Marinha aos 60 anos para padronizar as linguagens de computador. E quando se aposentou, aos 79 anos, dando fim a uma carreira brilhante, tornou-se a oficial mais velha em serviço ativo da Marinha! Talvez a maior conquista de Grace tenha sido traduzir ideias complicadas em uma linguagem simples, abrindo as portas da computação e da codificação para as gerações seguintes.

5
6
7
8
HOPPER
COBOL

Frida Kahlo

1907–1954

PINTORA

MÉXICO

A vida de Frida foi marcada por tragédias, no entanto, ela transformou a dor em arte. Frida contraiu poliomielite e uma de suas pernas ficou enfraquecida. Ela passou o resto da vida mancando ao caminhar e disfarçava as pernas desiguais usando saias longas associadas a roupas tradicionais **Tehuana**. Aos 18 anos, sofreu um acidente de ônibus que exigiu um longo processo de recuperação. Uma coisa que podia fazer enquanto estava de cama? Pintar. Sua mãe construiu um cavalete que ficava por cima da cama. Sem ter para onde olhar, Frida pintava a si mesma.

Seus autorretratos são uma mistura de exuberância, tristeza, cores e escuridão. Frida pintava não somente o que via, mas também o que sentia, com frequência usando símbolos para representar esses sentimentos: unhas podiam significar dor; um cervo capturado, vulnerabilidade. Por causa disso, ela costuma ser associada a artistas do movimento surrealista, como Salvador Dalí, que pintava mundos fantásticos. Mas Frida nunca se considerou uma surrealista, já que não pintava sonhos; ela apenas retratava a realidade que vivia e sentia. Enquanto se recuperava, passou a fazer parte do cenário artístico e político do México e conheceu muralistas famosos, como Diego Rivera. Em 1929, eles se casaram e, juntos, viajaram o mundo.

Muitas das pinturas de Frida são autorretratos. O olhar impassivo, sua marca registrada, chamava a atenção e implorava que a tragédia e a tristeza, para além da beleza, fossem encaradas. Mas seu trabalho não era apenas sobre si mesma. Dotada de espírito revolucionário, incorporava opiniões sociais e políticas em suas obras. Para comunicar a forte paixão que sentia pelos povos originários mexicanos, integrava símbolos astecas aos quadros. O estilo diferenciado também era um reflexo de sua identidade. Escolheu o estilo Tehuana de se vestir não somente pelas saias longas, mas também porque representava o poder feminino. Frida mostrava a beleza e a intensidade do México e celebrava sua tradição ao mesmo tempo que capturava os medos e as dificuldades do povo.

Gyo Fujikawa

1908–1998

ILUSTRADORA

ESTADOS UNIDOS

Quando criança, Gyo podia ser encontrada desenhando flores no quintal de sua casa em Berkeley, na Califórnia, em vez de brincando com bonecas ou brinquedos. A criatividade de Gyo era evidente desde cedo, mas seus pais se preocupavam com o futuro caso a filha escolhesse a carreira artística. Para imigrantes japoneses no começo do século XX, era difícil ser bem-sucedido. Mas Gyo insistiu e conseguiu uma bolsa para estudar no Instituto de Arte Chouinard, em Los Angeles. Após se formar, Gyo passou um ano no Japão estudando a arte tradicional de pintar com pincel. Ela também tinha um emprego de meio período na Walt Disney Produções, criando brochuras e pôsteres para os filmes, um feito impressionante em uma companhia com poucas mulheres e asiáticas. Esse trabalho a levou até a cidade de Nova York em 1941.

Naquele ano, após o ataque japonês a Pearl Harbor, os Estados Unidos entraram na Segunda Guerra Mundial e os nipo-americanos residentes na costa oeste foram confinados à força. Gyo estava em Nova York e, assim, evitou o confinamento. A família dela não teve a mesma sorte. Apesar da guerra, Gyo trabalhava com afinco. Ela saiu da Disney e começou a ilustrar capas de revistas. Isso fez com que fosse notada por uma editora de livros, que a contratou para ilustrar uma edição do livro *Jardim de versos*, de Robert Louis Stevenson. Em 1963, ela publicou um livro chamado *Babies* [Bebês], escrito e ilustrado por ela, que logo foi seguido pelo livro *Baby animals* [Filhotes]. Os dois livros fizeram sucesso e continuam sendo comercializados. Gyo publicou mais de 40 livros para crianças.

Ela tomava um cuidado especial de pensar o que agradaria os pequenos. Seu estilo era alegre e elegante, e suas personagens bochechudas e delicadas. Mas o que tornou o trabalho de Gyo histórico foi a escolha de celebrar a diversidade e incorporar personagens de diversas etnias em livros infantis.

Katherine Dunham
1909–2006

COREÓGRAFA E ANTROPÓLOGA
ESTADOS UNIDOS

Apesar da criação rigorosa, Katherine foi uma criança criativa e empreendedora. Aos 12, publicou um conto na revista mensal de W. E. B. Du Bois e, aos 14, produziu, dirigiu e estrelou uma peça para angariar dinheiro para a igreja. A dança era sua verdadeira paixão: na infância estudou dança moderna e balé clássico. Mais tarde, uma palestra na Universidade de Chicago mudou tudo: Katherine aprendeu que muito da cultura negra nos Estados Unidos tinha começado em algum lugar na África.

Ela queria descobrir como as raízes da cultura africana haviam se espalhado pelo mundo, então começou a estudar **Antropologia**, com foco em danças da **diáspora africana**. Durante sua carreira, encontrou uma forma de equilibrar o estudo e o ensino de danças com as apresentações de balé. No começo da década de 1930, Katherine se apresentou no Ballet Nègre, uma das primeiras companhias de dança negra dos Estados Unidos, e no Negro Dance Group, uma escola para ensinar jovens dançarinos negros a respeito de suas tradições. Em 1935, recebeu um financiamento do **Fundo Rosenwald** e uma **bolsa Guggenheim** para conduzir **uma etnografia** de dança no Caribe. Viajou para a Jamaica, Martinica e Trinidad e Tobago, mas se conectou de verdade com a cultura do Haiti.

Quando Katherine retornou aos Estados Unidos, fundou a Escola de Dança e Teatro Dunham. Os dançarinos faziam turnês e se apresentavam, ensinando movimentos a artistas, dançarinos e atores. As aulas dela eram muito famosas por causa dos métodos de ensino únicos. Katherine combinava movimentos tradicionais africanos e caribenhos com balé e dança moderna de forma inovadora, logo reconhecida como a Técnica Dunham. A técnica ainda é ensinada até hoje, e ela é citada como a Matriarca da Dança Negra.

Mary Blair
1911–1978

PINTORA MODERNA E COLORISTA

ESTADOS UNIDOS

Mary começou sua carreira pintando aquarelas. Ela estudou pintura naturalista no Instituto de Arte Chouinard, em Los Angeles, onde conheceu Lee Blair. Eles se apaixonaram e se casaram, e logo seus estilos de arte se tornaram indistintos. A crise de 1929 atingiu em cheio a carreira artística do casal, o que fez Mary, com relutância, se direcionar para o mundo da animação, seguindo os passos de Lee. Ambos conseguiram trabalhos nos estúdios de animação Walt Disney.

Em 1941, o presidente Roosevelt contratou Walt Disney para participar de uma viagem para promover os Estados Unidos na América do Sul. Walt reuniu um grupo de artistas para viajar com ele. Lee foi selecionado, mas Mary, não. Então ela foi até o escritório de Walt e conseguiu ser aceita. Durante a viagem, seu estilo se desenvolveu! A tinta aquarela não era suficiente para capturar toda a vibração que via. Assim, ela passou a usar tinta guache, que tem cores mais vivas e sólidas, e começou a criar com um estilo mais ousado e extravagante. Mary simplificou os desenhos de um modo doce, quase infantil. Ao final da viagem, ela já era a artista favorita de Walt. Após a Segunda Guerra Mundial, Disney a contratou para fazer o desenvolvimento visual de *Cinderela* (1950), *Alice no país das maravilhas* (1951) e *Peter Pan* (1953). Seu estilo ajudou a estabelecer a aparência geral de cada um desses filmes icônicos. Mais tarde, Mary deixou o estúdio e ilustrou livros infantis, trabalhou como diretora de arte e criou cenários de teatro. Em 1963, Walt precisava criar um pavilhão infantil na Feira Mundial de Nova York de 1964-1965, que celebrava todas as crianças do mundo, e chamou Mary para ajudar. Ela criou a icônica atração “It’s a Small World”. A popularidade foi tão grande que Walt o reproduziu na Disneylândia. Apesar de ser uma instalação de Disney, o design foi criado por Mary e é um monumento duradouro de seu estilo.

Com fala mansa e jeito tranquilo, ela provavelmente nunca teve a ambição de se tornar uma lenda, mas para muitas pessoas no campo da arte, animação, ilustração e design, Mary é lendária.

Chien-Shiung Wu
1912–1997

FÍSICA

CHINA E ESTADOS UNIDOS

Nascida em uma pequena cidade na China, Wu viajou grandes distâncias para poder estudar. Apesar de ser incomum na época, a mãe dela, professora, e o pai, engenheiro, acreditavam que a filha merecia estudar tanto quanto os dois irmãos. Não havia escolas para meninas no vilarejo, então eles fundaram uma. Depois ela frequentou um colégio interno, a universidade em Nanjing e, por fim, foi para os Estados Unidos.

Em 1936, Wu se matriculou na Universidade da Califórnia. Após concluir o doutorado em Física, mudou-se para a Costa Leste e começou a trabalhar na Universidade de Princeton. Sua pesquisa a tornou uma candidata ideal para se juntar ao Projeto Manhattan na Universidade Columbia, o programa secreto do governo dos Estados Unidos para construir a bomba atômica. Ela foi uma das poucas mulheres e a única sino-americana a trabalhar no projeto histórico.

Após a guerra, Wu permaneceu na Universidade Columbia e em 1956 dois colegas a convidaram para um trabalho. Eles acreditavam que o princípio de conservação de paridade, que sugeria que as **partículas subatômicas** decaíam simetricamente, não era verdadeiro. Como eles eram físicos *teóricos*, precisavam de Wu para conduzir o experimento *real*. Ela sabia que o resultado poderia ser uma descoberta revolucionária e desistiu do que seria sua primeira viagem de volta à China, depois de anos. O Experimento de Wu, como ficou conhecido, provou a teoria dos colegas.

Os colegas homens receberam o Prêmio Nobel de Física. Wu ficou de fora. Mas, em 1975, recebeu a Medalha Nacional de Ciência. Foi a primeira mulher eleita presidente da Sociedade Americana de Física e é reconhecida até hoje como uma das principais físicas experimentais do mundo. Seu livro, *Beta Decay*, é uma referência no campo da Física Nuclear.

$^{60}Co \rightarrow {}^{60}Ni + e^- + \bar{\nu}_e$
cobalto
B
$\vec{I}$
^{60}Co
e^-

Bessie Blount Griffin
1914–2009

FISIOTERAPEUTA E INVENTORA
ESTADOS UNIDOS

Bessie não teve uma infância fácil, mas era brilhante, inovadora e resiliente. Na escola, era repreendida por escrever com a mão esquerda. Em vez de ficar chateada, ela não apenas aprendeu a escrever com a mão direita, como também a escrever com os pés e com a boca! Fez o melhor que podia em uma situação difícil, e aquela não foi a última vez.

Bessie sempre quis ajudar as pessoas e se formou em Enfermagem e Fisioterapia. Quando a Segunda Guerra Mundial terminou, ela se voluntariou na Cruz Vermelha para trabalhar com soldados feridos. Era tão boa que a chamavam de "mulher-maravilha"! Bessie ensinou aos que não podiam usar as mãos como escrever com os pés ou a boca, como ela fazia quando criança. Inventou muitas coisas que ajudariam seus pacientes a se tornarem autossuficientes. Uma das ideias era um tubo de alimentação que permitia que eles controlassem o próprio alimento: com uma mordida no tubo para ativar um motor, o usuário fazia com que a comida fosse entregue por meio de uma colher! Bessie construiu o dispositivo usando materiais simples (plástico, água quente, um martelo) e recebeu uma patente. Ela o ofereceu ao Departamento de Assuntos de Veteranos dos Estados Unidos, e eles não demonstraram interesse. Ela então resolveu doá-lo ao governo francês. Queria que as pessoas soubessem "que uma mulher negra pode inventar algo que beneficie a humanidade".

Bessie trabalhou como cientista forense, examinando caligrafias. Em 1977, recebeu treinamento na famosa Scotland Yard, na Inglaterra, e os oficiais a chamavam carinhosamente de "Mãe Bessie". Ela abriu um negócio para examinar e preservar documentos de pessoas escravizadas anteriores à Guerra Civil, e trabalhou para abrir um museu. As conquistas de Bessie foram muitas, mas ajudar as pessoas sempre foi seu objetivo. Trabalhou até os 80 anos, determinada a deixar um legado e a preservar a história para as gerações futuras.

Patente 2,550,554
Fig. 1.
Fig. 4.
Fig. 5.
Fig. 3
Fig. 6.
Fig. 2

Hedy Lamarr
1914 – 2000

ATRIZ E INVENTORA

ÁUSTRIA E ESTADOS UNIDOS

A curiosa e criativa Hedy (diminutivo de Hedwig) amava fazer longas caminhadas com o pai por Viena, na Áustria, onde moravam. Ele explicava como as coisas funcionavam: desde a imprensa até os bondes de rua. Quando adolescente, Hedy, que chamava a atenção pela beleza, começou a atuar em filmes. Casou-se cedo, mas não era feliz no relacionamento. O marido era associado ao partido nazista e bastante controlador. Com as tensões aumentando, Hedy fugiu do marido antes do início da Segunda Guerra Mundial. Tomando o cuidado de manter sua ascendência judaica em segredo, ela criou a imagem da glamourosa Hedy Lamarr e foi para Hollywood, onde protagonizou filmes como *Argélia* (1938), que fez dela uma estrela, e o sucesso de bilheteria *Sansão e Dalila* (1949).

Com a eclosão da Segunda Guerra Mundial, o exército dos Estados Unidos procurava ideias de dispositivos de defesa e formas de enviar mensagens que não pudessem ser interceptadas. Hedy, que estava sempre trabalhando em projetos e invenções, não queria ficar só fazendo filmes enquanto a guerra acontecia. Ela aprendera sobre sinais de rádio com o ex-marido, em particular como poderiam ser bloqueados. Teve a ideia de um dispositivo que enviaria sinais que mudariam de frequência múltiplas vezes durante a transmissão, como mudar o tom no meio de uma canção. Isso faria com que a mensagem fosse indecifrável. Um amigo compositor, George Antheil, a ajudou a criá-lo. Apesar de a invenção deles não ter sido usada durante a guerra, é a base para a tecnologia crucial por trás dos sinais *wireless* usados em GPS, Bluetooth e Wi-Fi.

A patente deles para o "sistema de comunicação secreto" expirou muito antes de os telefones celulares serem inventados, então Hedy e George nunca receberam o devido crédito. Décadas depois, eles receberam o Prêmio Pioneer da Fundação Fronteira Eletrônica, e Hedy tornou-se a primeira mulher a ganhar o prêmio BULBIE, o "Oscar das invenções".

Claudia Jones
1915–1964

ATIVISTA E JORNALISTA

TRINIDAD E TOBAGO, ESTADOS UNIDOS E INGLATERRA

Nascida na ilha caribenha de Trinidad, Claudia se mudou com a família para Nova York quando era criança. Eles tinham a esperança de encontrar boas oportunidades de emprego, mas não havia muitas chances para pessoas não brancas nos Estados Unidos na década de 1920. O que encontraram foram condições de trabalho e de habitação precárias, além da discriminação. Apesar de ser nova, Claudia decidiu lutar contra a injustiça e começou a escrever para publicações locais.

Claudia descobriu o Partido Comunista dos Estados Unidos, que era ativo nas campanhas contra a segregação. Aos 18 anos, filiou-se ao partido e trabalhou como jornalista, organizadora e recrutadora. Em 1941, o FBI estava de olho em qualquer pessoa associada com o comunismo, ideologia rotulada como antiamericana. Considerada uma baderneira, Claudia acabou deportada para o Reino Unido.

Em Londres, enfrentou o mesmo tipo de hostilidade e discriminação que enfrentava nos Estados Unidos. Recomeçou o ativismo, defendendo direitos iguais para a crescente população de imigrantes caribenhos e fundou o *West Indian Gazette*, primeiro jornal semanal negro do Reino Unido. Após motins raciais ocorridos em Notting Hill em 1958, Claudia percebeu a necessidade de unificar a comunidade. Ela então ajudou a organizar um festival caribenho com música calipso e dança para amenizar as consequências dos motins. O primeiro Carnaval de Londres aconteceu em janeiro de 1959. Foi o precursor do Carnaval de Notting Hill, a maior celebração cultural caribenha fora do Caribe, que existe até hoje.

Claudia tinha uma visão para o futuro que estava fora de alcance e usou o que tinha em mãos para sua luta: as palavras. Seus esforços foram essenciais para o Movimento dos Direitos Civis da década de 1960 e indicaram o caminho para o avanço de mulheres, pessoas racializadas e imigrantes em dois dos países mais influentes do mundo.

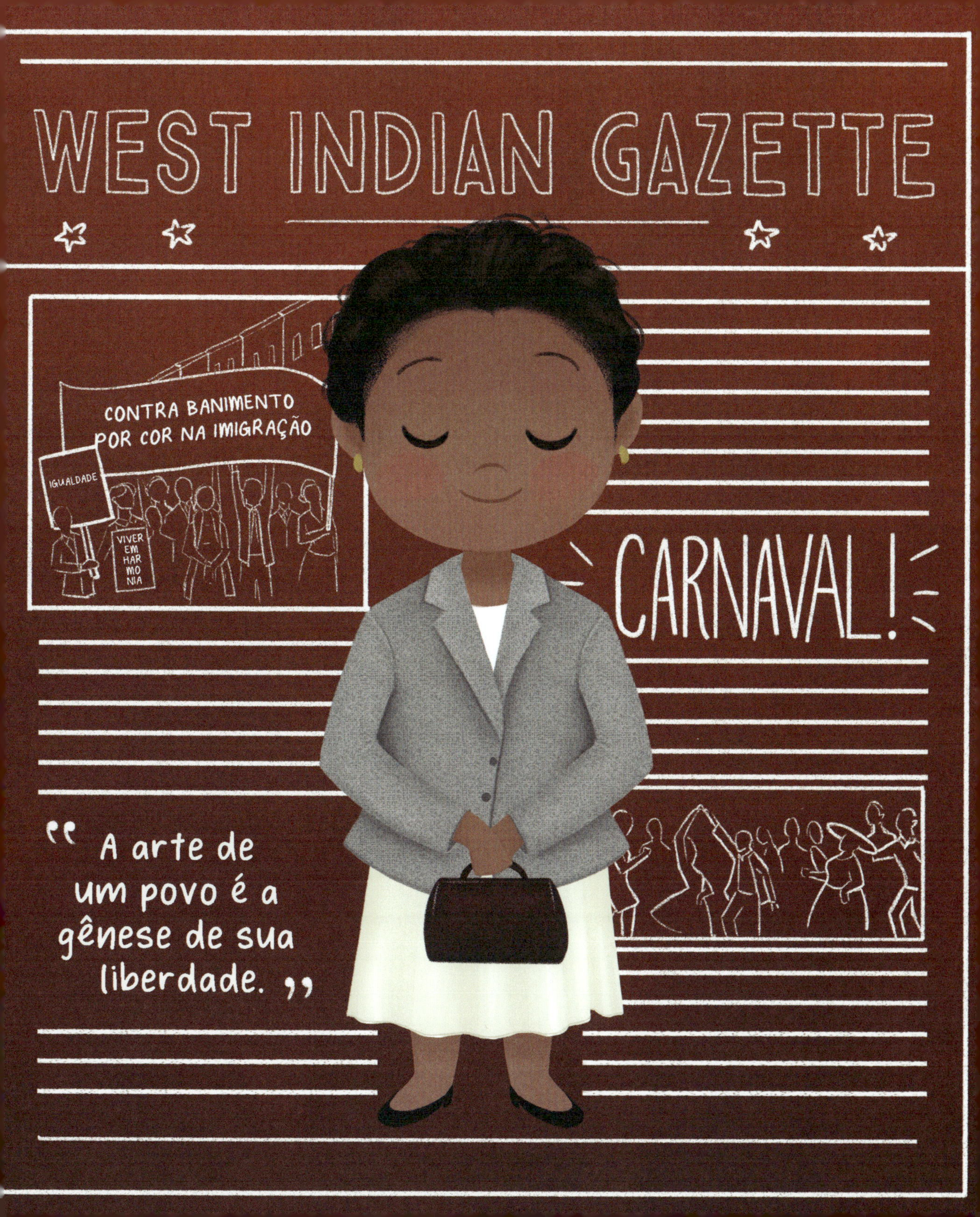
WEST INDIAN GAZETTE
CONTRA BANIMENTO POR COR NA IMIGRAÇÃO
IGUALDADE
VIVER EM HARMONIA
CARNAVAL!
“A arte de um povo é a gênese de sua liberdade.”

Sister Rosetta Tharpe

1915–1973

MUSICISTA

ESTADOS UNIDOS

É difícil dizer se houve um tempo na vida de Rosetta em que ela não estava fazendo música. Aos 6 anos, já se apresentava para plateias. A mãe era cantora gospel e pastora, e juntas elas comandavam louvores ao redor do país. Rosetta era aclamada como "um milagre que cantava e tocava violão". E isso não era um eufemismo. Era raro ver uma menina negra tocar violão, que era considerado um instrumento masculino, e Rosetta era boa nisso. Muito boa.

Quando ficou mais velha, ela começou a se apresentar sozinha, elevando a música gospel para níveis nunca vistos. Em 1938, Rosetta se mudou para Nova York e assinou um contrato histórico com a Decca Records. Foi a primeira artista gospel nessa gravadora, famosa por produzir músicos de jazz e blues como Louis Armstrong e Billie Holiday. Rosetta era uma ponte entre o mundo da música religiosa e o secular e se apresentou em casas de shows com os músicos mais famosos do momento. Ela surpreendia a audiência com suas habilidades no violão, técnicas inovadoras e canções enérgicas.

Ainda que o rock não tenha uma primeira música oficial, "Rock Me", sucesso de Rosetta de 1938, foi uma das primeiras canções a serem chamadas de rock'n'roll. Sua proeminência única na música popular e seu uso pioneiro das guitarras elétricas ajudou a formar o novo gênero.

O tempo de Rosetta sob os holofotes não durou muito. Ela foi negligenciada na história da música até 2018, quando integrada ao Hall da Fama do Rock & Roll. Sua carreira inovadora abriu portas para artistas como Elvis Presley, Little Richard e Johnny Cash. Em um gênero musical geralmente associado a homens, Rosetta foi pioneira e será para sempre celebrada como a madrinha do rock.

Asima Chatterjee
1917–2006

QUÍMICA ORGÂNICA
ÍNDIA

Quando Asima era criança, seu pai, médico, compartilhava com ela as fascinantes propriedades medicinais das plantas. Encorajada a fazer uma faculdade, ela estudou Química. Depois de se formar com distinção na Universidade de Calcutá, Asima começou a dar aulas no Lady Brabourne College. Não havia um departamento de Química na época, então ela fundou o departamento e se tornou a chefe! Em 1944, Asima terminou mais um estudo universitário, tornando-se a primeira mulher doutora em Ciência em uma universidade indiana.

A Índia tem um longo histórico do uso de plantas para propósitos medicinais. Conforme a tecnologia avançava, os cientistas extraíam compostos químicos das plantas para entender o que fazia com que funcionassem. Asima liderava essas pesquisas. Não havia máquinas sofisticadas para ajudá-la. O trabalho exigia precisão extrema e envolvia muita tentativa e erro. E, apesar de evoluir devagar, ela persistiu.

O foco da pesquisa de Asima eram as plantas nativas da Índia. Entre seus muitos sucessos está um antiepilético desenvolvido a partir da *Marsilea minuta*, um tipo de trevo às vezes usado no fundo de aquários. Quem diria: tanto poder em uma planta tão singela! A pesquisa de Asima também ajudou a desenvolver um antimalárico a partir de árvores e flores.

A paixão de sua vida era pesquisar **alcaloides**, como os da vinca-de-madagascar (uma planta com flores rosadas), que ajudam a retardar a multiplicação de células cancerígenas e são usados em tratamentos de quimioterapia. Asima recebeu muitos prêmios por seu trabalho. Em 1975, tornou-se a primeira mulher presidente-geral do Congresso de Ciência Indiano. As descobertas de Asima provam que coisas que mudam nossa vida estão em qualquer lugar, inclusive nas flores! Seu trabalho é muito influente e, como professora, inspirou inúmeras jovens a estudarem Química.

Catharanthus
roseus
Marsilia
minuta

Maya Deren

1917–1961

CINEASTA

UCRÂNIA E ESTADOS UNIDOS

Maya estava sempre procurando uma forma de se expressar. Estudou Jornalismo e Literatura, e escrevia poemas e contos. Quando foi contratada como assistente pessoal da dançarina e coreógrafa Katherine Dunham, Maya ficou intrigada com a dança como forma de expressão. Viajou com o grupo de dança de Dunham e, em Los Angeles, conheceu seu futuro marido, que a introduziu ao mundo do cinema **vanguardista**.

Maya percebeu que o cinema podia unir tudo o que a interessava: imagens marcantes, histórias, coreografia e ritmo. Era o meio que ela procurava e o utilizou para criar uma versão visual da poesia que escrevia. Em 1943, colaborou com o marido na criação do marcante curta-metragem experimental *Tramas do entardecer*. Editar era sua ferramenta mais poderosa: ela podia sobrepor imagens para transmitir emoções e assim fazer uma conexão direta com os versos da poesia. Com a edição, manipulava o espaço e o tempo e criava uma coreografia impossível de existir em uma fotografia, uma apresentação de dança ou um poema.

Maya editou o curta-metragem *At Land* como um jogo de quebra-cabeças visual, cortando de cena em cena para mostrar a protagonista (interpretada por ela mesma) apresentando uma ação aparentemente ininterrupta. Em uma cena, ela está subindo em uma árvore; na outra, está subindo na mesa de jantar.

Em 1946, tornou-se a primeira cineasta a receber a prestigiosa **bolsa Guggenheim**. Apesar de ter finalizado poucos de seus curtas-metragens, eles eram todos inovadores na forma como transmitiam mensagens usando técnicas cinematográficas. Maya criou filmes artísticos, poéticos e profundamente pessoais. Ela ajudou a criar um espaço no mundo da arte para artistas que trabalham com cinema e abriu portas para o cinema experimental, inspirando inúmeros criadores ao redor do mundo.

Amalia Hernández
1917–2000

DANÇARINA E COREÓGRAFA
MÉXICO

Desde criança, Amalia adorava dançar. Seus pais a apoiavam tanto que construíram um estúdio na casa deles para que ela pudesse praticar! Foi uma aluna dedicada e disciplinada do balé clássico. Na faculdade, praticou dança moderna com instrutores europeus e, mais tarde, trabalhou como coreógrafa.

Mas algo estava faltando. Amalia estava cansada dos estilos de dança europeus. As lembranças de sua infância, de homens e mulheres dançando nas ruas em pequenos bairros e vilarejos no México, a inspiraram a combinar a singularidade das danças tradicionais mexicanas, cheias de energia e ritmo, com o balé e a dança moderna.

Ela fundou o grupo de dança Ballet Folklórico do México em 1952, com apenas 8 integrantes. O grupo se apresentava com figurinos elaborados, luzes dramáticas e cenários criativos. O público amou! Em 1954, o grupo começou a se apresentar na TV, e assim foi por 60 semanas seguidas! Amalia precisou criar uma apresentação nova a cada semana. Em 1959, o grupo já estava com mais de 50 integrantes. Era tão popular que se apresentou nos Jogos Pan-Americanos de Chicago.

Amalia criou coreografias para mais de 40 balés, todos apresentados ao redor do mundo. Ela fazia pesquisas exaustivas para as apresentações e tomava o cuidado especial de capturar os detalhes do movimento dos pés e das saias das danças populares, incorporando tradições de mais de 60 regiões ao redor do México.

Alguns críticos acusavam Amalia de se apropriar das danças tradicionais, mas seu interesse era interpretá-las para celebrar e preservar sua cultura. Assim, ela acendeu a paixão de suas raízes mexicanas nas pessoas e se tornou uma embaixadora cultural, mostrando um pouco do México mundo afora!

Violeta Parra
1917 – 1967

MUSICISTA E ETNOMUSICOLOGISTA

CHILE

A carreira musical de Violeta começou aos 9 anos. O pai dela, professor de Música, ensinou a enorme família a cantar e a tocar violão. Juntos, eles faziam turnês pelo Chile cantando canções populares. No entanto, Violeta demonstrou interesse pelas canções folclóricas tradicionais do país, que corriam o perigo de ser esquecidas. Em 1952, embarcou em uma jornada que mudaria sua vida, frequentando vilarejos rurais e se encontrando com idosos para documentar todas as canções populares que conseguisse ouvir. Elas nunca haviam sido gravadas ou escritas, e Violeta registrou mais de 3 mil delas. Estava, ao mesmo tempo, preservando e fazendo história.

O estilo musical de Violeta mudou como reflexo disso. Ela se tornou uma pioneira da *Nueva Canción*, movimento musical que usava o formato das canções populares tradicionais com interpretações mais contemporâneas. Em particular, Violeta cantava sobre direitos humanos e a desigualdade entre os ricos e os pobres.

Violeta ganhou reconhecimento no Chile e fora dele. Em 1954, apresentou-se pela Europa e suas gravações começaram a ser vendidas por todo o mundo. Suas canções originais também faziam sucesso. "Gracias a la Vida" ainda é uma das canções latino-americanas mais cantadas e gravadas do mundo.

Violeta também era uma pintora talentosa, bordadeira e ceramista. Ela expôs suas enormes tapeçarias no Museu do Louvre, em Paris, e se tornou a primeira artista latino-americana a ter uma mostra solo no museu.

O objetivo único de Violeta era preservar a cultura chilena. Suas canções ainda são cantadas e gravadas pela nova geração de artistas, e ela é celebrada como a mãe da música popular latino-americana.

Corita Kent
1918–1986

ARTISTA E EDUCADORA
ESTADOS UNIDOS

Como qualquer artista jovem, Frances Kent adorava desenhar, ler e criar. Sendo de família religiosa, sabia desde pequena que queria se tornar freira. Aos 18 anos, entrou na ordem religiosa da Igreja Católica Romana no Imaculado Coração de Maria, em Los Angeles. As irmãs escolhiam um novo nome que incluía *Mary*, e ela escolheu Irmã Mary Corita. Com o tempo, ficou conhecida apenas como Corita, que significa "pequeno coração". Mas não havia nada de pequeno no amor e na beleza que ela queria compartilhar com o mundo.

Ela se graduou no Immaculate Heart College e fez aulas de arte no Instituto de Arte Otis e no Instituto de Arte Chouinard. Depois, recebeu o título de mestrado em História da Arte e começou a ensinar arte no Immaculate Heart, com frequência desafiando as alunas com tarefas inesperadas que tornavam suas aulas populares. No começo, Corita usava a técnica da aquarela e se concentrava em temas religiosos. Ao ver as famosas latas de sopa Campbell de Andy Warhol, porém, ela se inspirou a se aproximar da **Pop Art.** Enquanto o trabalho de Warhol era visto como uma crítica ao consumismo, Corita usava as imagens do mercado de massa para fazer com que mensagens de amor e compaixão chegassem às pessoas. Ela fazia pôsteres usando o visual de marcas populares, como os círculos azuis, vermelhos e amarelos da marca Wonder Bread [pão maravilhoso], para divulgar as maravilhas do evangelho.

Na década de 1960, seu trabalho tornou-se mais político, conforme o Movimento dos Direitos Civis e a guerra do Vietnã sacudiam os Estados Unidos. De imagens de dr. Martin Luther King Jr. a versos da Bíblia, Corita usava a arte para chamar a atenção para as injustiças sociais ao redor do mundo. Corita criou centenas de obras e milhares de aquarelas e ficou conhecida pelas serigrafias com imagens ousadas e gráficas, perfeitas para enviar suas mensagens corajosas de amor e paz.

Esther Afua Ocloo
1919–2002

EMPRESÁRIA

GANA

Esther era filha de camponeses e nasceu em Gana, quando o país ainda estava sob o domínio britânico. Na infância, aprendeu a cultivar e a negociar, o que, um dia, a levaria a obter grande sucesso. Com o apoio da família e uma bolsa de estudos, Esther frequentou uma prestigiosa faculdade na capital, Acra. Para se sustentar, tornou-se uma empreendedora: a tia lhe deu 10 xelins, o que equivale a menos de um dólar, e, com determinação e usando suas habilidades, fez o dinheiro render. Com 6 xelins ela comprou suprimentos (açúcar, laranjas, jarras e lenha) e criou a própria receita de geleia. Cada pote era vendido por um xelim, o que recuperava o custo e gerava lucro! O plano funcionou ainda melhor do que o esperado: logo ela se tornou fornecedora de suco e geleia para a faculdade e, depois, para o exército. Quando Esther não conseguia mais produzir tudo sozinha, fez um empréstimo para fazer o negócio crescer. Em 1942, ela inaugurou a primeira fábrica de comida processada de Gana, a Nkulenu Industries (que existe até hoje).

Para se aprofundar na ciência alimentar e aprimorar suas habilidades culinárias, Esther foi estudar na Inglaterra. Quando voltou para casa, na década de 1950, Gana estava declarando sua independência e ela trabalhou com afinco para ajudar o país a prosperar. Pensando no impacto que o empréstimo tivera em seu negócio, ela queria ajudar mulheres locais a melhorarem de vida e contribuírem para a economia. Em 1976, com Michaela Walsh e Ela Bhatt, ela fundou o Women's World Banking (WWB), uma organização sem fins lucrativos que trabalha com instituições financeiras para promover microempréstimos a juros baixos para mulheres que precisam de ajuda para fazer um pequeno negócio crescer. A WWB ofereceu milhões de dólares em empréstimos e ajudou mais de 30 milhões de mulheres ao redor do mundo. Em 1990, Esther recebeu o Africa Prize de liderança. Ela foi a primeira mulher a ganhá-lo e é celebrada como uma pioneira e defensora das mulheres.

ARTISTA VISUAL

IRÃ, ESTADOS UNIDOS

Quando criança, Monir não se considerava uma artista. Ela aprendeu a desenhar copiando pinturas famosas de cartões-postais, apenas para passar o tempo. Mas seu professor de Artes ficou impressionado com sua habilidade e a incentivou a continuar praticando. Ela nunca tinha sido encorajada e logo ficou encantada!

Monir estudou Artes na Universidade de Teerã e, em 1945, frequentou a Escola de Arte em Nova York, onde visitava museus e contemplava as pinturas que só conhecia dos cartões-postais. Em 1957, ela retornou para o Irã com uma nova perspectiva. Sentia um novo respeito pela arte tradicional de seu país: arquitetura, pintura reversa em vidro e joias turcomanas. Visitar a mesquita Shah Cheragh [Rei das Luzes] em Shiraz foi um momento decisivo em sua carreira. Como muitas mesquitas, Shah Cheragh tem formas geométricas elaboradas, teto abobadado e ornamentos elegantes, mas também milhares de pequenos espelhos nos azulejos. As paredes brilhavam e reluziam com o reflexo do ambiente e das pessoas. Admirada com sua beleza e acreditando que havia infinitas possibilidades na geometria, Monir se inspirou a levar os espelhos para o mundo, refletindo a vida no Irã. Algumas de suas obras mais famosas são as bolas espelhadas, que muitas pessoas acham que foram inspiradas nos globos das discotecas, mas cuja inspiração real são crianças brincando com uma bola de futebol em Teerã. Ela queria criar um mosaico espelhado na superfície de um objeto que representasse a juventude e a luz.

Monir passou mais de 20 anos em exílio nos Estados Unidos, impossibilitada de retornar ao Irã após uma revolução política e religiosa que começou em 1979. Muito de seu trabalho e de sua coleção pessoal foram confiscados e destruídos. Ela só voltou para casa em 2004. Em Teerã, continuou a fazer arte e tem um museu dedicado ao seu trabalho. Levou muito tempo, mas antes de falecer, aos 98 anos, Monir já era celebrada como uma artista visionária pela habilidade de ver a história e a cultura em geometrias elegantes.

Mahasweta Devi

1926–2016

ESCRITORA E ATIVISTA

ÍNDIA

Mahasweta nasceu em uma grande família na região de Bengala, na Índia, quando o país ainda estava sob o domínio britânico. Seu pai era poeta, o tio era cineasta e a mãe era escritora e assistente social. Quase todos na família dedicavam seu trabalho a ajudar pessoas pobres e marginalizadas na Índia. Mahasweta fazia o mesmo.

Ela começou a escrever aos 13 anos. Eram histórias de amor que nunca mostrava a ninguém! Estudou Inglês na Universidade de Calcutá; depois se tornou professora e trabalhou como repórter. Aos 30 anos, Mahasweta publicou o romance *The Queen of Jhansi* [A rainha de Jhansi], inspirado pela história de amor verdadeira de uma rainha do século XIX que se tornou guerreira. Mahasweta conversou com moradores de vilarejos do nordeste da Índia e conheceu inúmeras versões da lenda de Jhansi. Sua intenção era capturar o que a história significava para eles, conforme a passavam de geração em geração.

Naquela época, a literatura de Bengala ressaltava sobretudo na classe média, então foi radical mudar o foco da literatura para pessoas pobres e desfavorecidas. Mahasweta adorava contar histórias populares, algumas delas demonizadas pelo **Ato das Tribos Criminosas**. Certa vez, uma menina de uma aldeia contou para ela que na escola aprendiam sobre heróis e outras figuras indianas, para então perguntar "E nós, não tivemos heróis?". Isso serviu para consolidar, na cabeça de Mahasweta, a importância de compartilhar essas histórias: para ampliar a voz daqueles que não eram ouvidos e oferecer representação àqueles que não tinham.

Mahasweta escreveu mais de 100 romances e 20 coleções de contos. Recebeu muitos prêmios, mas nunca sentiu que eles tocavam seu coração tanto quanto as pessoas o faziam. Ela usou sua visibilidade para abordar temas como injustiça, desigualdade e os direitos das mulheres, e trabalhou para ajudar todos à sua volta.

Vera Rubin
1928–2016

ASTRÔNOMA
ESTADOS UNIDOS

Vera sempre foi boa em fazer perguntas, geralmente a respeito das estrelas. Ela costumava observá-las pela janela e mapear seus movimentos. Vera não só achava a Lua bonita; ela se perguntava por que a Lua a seguia quando ela e a família passeavam de carro.

Inspirada pelo pioneirismo de Maria Mitchell, astrônoma norte-americana do século XIX, e apesar do desencorajamento do professor de Ciências do Ensino Médio, Vera decidiu estudar as estrelas, e o fez no mesmo lugar em que Maria Mitchell dava aulas: a Vassar College, onde se formou em 1948. Ela então se inscreveu para o programa de graduação de Princeton, mas não foi aceita porque a universidade não recebia estudantes mulheres.

Vera não deixou que isso a desanimasse. Continuou os estudos em outro lugar, sempre fazendo perguntas que ninguém mais fazia. Ela queria se informar a respeito do que não sabia, o que a levou a fazer uma das maiores descobertas astronômicas.

Na década de 1970, Vera e uma colega de trabalho que estudava o comportamento de **galáxias espirais** notaram que as estrelas nas extremidades da galáxia se moviam tão rápido quanto as do meio. Isso não seguia a **Teoria da gravidade de Newton**; por essa teoria, objetos mais distantes do centro da galáxia deveriam se mover mais devagar. Vera pensou que deveria haver algo que não podemos ver afetando a gravidade. Matéria luminosa é o nome dado para objetos que podemos ver no céu noturno, como planetas e estrelas. Em 1930, o astrônomo Fritz Zwicky havia especulado que havia também uma matéria que não podemos ver: a **matéria escura**. Vera ajudou a provar sua existência. Agora acreditamos que grande parte do nosso universo é feita de matéria escura, mais um passo para entendermos o cosmos!

Como mulher, Vera precisou brigar por seu lugar no mundo dos astrônomos. E, assim, ajudou a abrir o caminho para as mulheres na Ciência.

Yayoi Kusama
1929–

ARTISTA

JAPÃO E ESTADOS UNIDOS

A arte sempre foi uma forma de expressão para Yayoi. Mas os pais dela não aprovavam a escolha dessa carreira. Yayoi, no entanto, não podia ser parada. Quando a mãe confiscou suas ferramentas de desenho, ela criou ferramentas novas. Por fim, conseguiu convencer a família a permitir que estudasse arte tradicional. Mas o estilo conservador de pintura não a estimulava; Yayoi se interessava pelo movimento **Expressionista Abstrato** do Ocidente. Em 1958, se mudou para Nova York, onde trabalhou com pintura, esculturas e gravações. Seus maiores sucessos artísticos, no entanto, eram suas mostras, eventos e apresentações de arte.

O trabalho de Yayoi é único e reconhecível pelo uso de bolinhas coloridas e padrões que se repetem. Muito de seu processo criativo é marcado por seu foco e fixação. Ela cria centenas de pinturas de uma vez, preenchendo todas com milhares de bolinhas. Esses padrões cobrem suas telas para que o trabalho final seja sem composição, começo ou fim. As bolinhas são uma simbologia para a existência: para Yayoi, os humanos são apenas bolinhas na Terra, que é uma bolinha no universo preenchido com bilhões de outras bolinhas, e assim por diante, até a infinidade. Ela reproduziu essa ideia em suas instalações imersivas que receberam o nome de "quarto infinito, quartos espelhados que criam a ilusão de olhar para a infinidade". Yayoi os decorava com diferentes objetos que criava: bolas brilhantes, abóboras decoradas ou mais bolinhas. Esses espaços eram uma experiência única para o visitante, que se sentia, ao mesmo tempo, fechado e expansivo.

Em 1973, Yayoi voltou para sua terra natal, o Japão, e iniciou uma carreira literária de sucesso. Depois dos 93 anos, começou a fazer sucesso de novo, com seus quartos infinitos surgindo em todos os lugares do mundo e nas mídias sociais! Com uma carreira que dura mais de 7 décadas, Yayoi criou para si um caminho onde não havia um.

Toni Morrison

1931–2019

ESCRITORA

ESTADOS UNIDOS

Toni cresceu entre contadores de histórias. Toda noite, seus pais e avós cantavam e contavam histórias populares e de fantasmas. Toni sempre pedia para ouvir suas favoritas e, quando sabia como terminavam, inventava finais novos. Reunir-se para contar e ouvir histórias é parte de uma longa tradição na cultura afro-americana. Isso ajudou com que ela sentisse orgulho de suas tradições e foi uma grande influência no estilo de escrita de Toni.

Entre os autores favoritos de Toni estavam Jane Austen e Lev Tolstói. O trabalho do mestre russo Tolstói a encorajou para escrever sobre sua própria comunidade e experiências. Se ela lia as histórias que ele escrevia, focadas na cultura dele, por que as pessoas não leriam as histórias dela?

Toni dedicou parte da vida aos escritos de outras pessoas, atuando como professora universitária e como editora na Random House, apoiando escritoras racializadas. Aos 39 anos, publicou o romance *O olho mais azul*, que conta a história de uma menina negra que se sente feia e insignificante, e que acredita que a vida seria melhor se tivesse olhos azuis. No livro, Toni usou suas histórias para abordar a experiência afro-americana, chamando a atenção para problemas de identidade e a problemática dos padrões de beleza.

Ela escreveu mais de 10 romances, ambientados no passado e no presente dos Estados Unidos, quase sempre com magia, misticismo e fantasia entrelaçados. Seu quinto romance, *Amada*, fez com que Toni ganhasse o maior prêmio literário dos Estados Unidos, o Pulitzer. Em 1993, ela recebeu o Prêmio Nobel de Literatura, tornando-se a primeira mulher negra a recebê-lo.

Para além dos prêmios e elogios, seu impacto duradouro será sempre os incontáveis leitores e escritores que inspirou. Seja por meio de suas aulas ou pelos livros que editou e escreveu, o amor de Toni por contar histórias mudou a literatura norte-americana para sempre.

JAZZ
TAR BABY
Sula
BELOVED

Esther Mahlangu
1935–

PINTORA

ÁFRICA DO SUL

Quando Esther começou a pintar, aos 10 anos, foi difícil fazê-la parar. Ela nasceu em uma aldeia Ndebele, na África do Sul. Na cultura dela, as mulheres pintam as paredes externas das casas com padrões que celebram sua ancestralidade e tradição. As mães passam essas habilidades para as filhas, que pintam suas casas ao se casarem. Mas Esther não podia esperar! Sua mãe cedeu um pequeno espaço na parte de trás da casa para que ela praticasse os padrões ousados, coloridos e geométricos inspirados nas joias e nas roupas de sua cultura.

Já adulta, Esther morou e trabalhou na vila histórica Botshabelo, um museu da cultura e tradição Ndebele. Em 1986, pesquisadores de arte de Paris conheceram Esther e a convidaram para participar da exibição histórica *Magicians of the World*, dedicada a exibir artistas tradicionais de diferentes partes do mundo. E assim a cultura Ndebele entrou em um palco global. Logo Esther estava recebendo convites para levar sua arte mundo afora, pintando murais em cidades como Nova York e Johanesburgo. Ela estampou até um avião da British Airways, um momento histórico para a arte africana!

Tradicionalmente, Esther usava apenas as cores que obtinha das plantas e do barro de sua terra natal (vermelhos, marrons, amarelos, além de preto e branco), mas, com o passar dos anos, ela incorporou cores comerciais e contemporâneas em sua paleta, como o cor-de-rosa e tons neon. O resultado é único e colorido, assim como Esther.

Ela adora compartilhar seu conhecimento com a geração mais jovem, como parte de sua missão para manter os costumes Ndebele vivos. Esther sonha com escolas e instituições que ensinem a arte africana. Enquanto isso não acontece, montou uma escola em seu quintal, em Mthambothini, para ensinar todo mundo que quiser aprender.

Thancoupie Gloria Fletcher
1937–2011

CERAMISTA E ARTISTA VISUAL

AUSTRÁLIA

Thancoupie cresceu em uma comunidade **aborígene** fechada em uma **cidade missionária** próxima a Weipa, em Queensland, na Austrália. Quando era criança, havia diversas aldeias em um mesmo território falando línguas diferentes, incluindo a dela, Thaynakwith. As mulheres mais velhas compartilhavam tradições, histórias e lendas e ensinavam os símbolos para desenhar na areia. Foi ali que Thancoupie se apaixonou pela arte.

Apesar da timidez, ela se dedicou a ensinar os mais jovens e a criar arte tradicional. Aos 30 e poucos anos, chocou a todos ao anunciar que iria estudar arte em Sidney, uma das maiores cidades da Austrália.

Apesar da intenção de estudar pintura, Thancoupie acabou no estúdio de cerâmica. Em Weipa, a argila era sagrada e só podia ser usada como pintura corporal para cerimônias, e não deveria ser tocada por crianças. Mesmo sendo adulta, hesitou em quebrar as regras, mas ao mesmo tempo ficou muito empolgada! Com a cerâmica, poderia celebrar sua cultura. Ela marcava em suas tigelas e esferas símbolos intricados e padronagens para contar a história de seu povo, criando gravuras históricas em suas superfícies. Suas esculturas de argila foram exibidas ao redor do mundo, e a tímida Thancoupie se tornou uma das maiores artistas australianas.

Quando voltou para casa, viu que a comunidade estava mudando. Os idosos estavam morrendo e, com eles, a cultura e os costumes tradicionais. Thancoupie descobriu que era a última falante fluente da língua Thaynakwith. Em um esforço para preservar a língua, ela trabalhou por 10 anos gravando áudios e escrevendo histórias para criar o *Guia de idioma e cultura Thanakupi: Um dicionário Thaynakwith.*

Um de seus objetivos era incentivar o orgulho cultural nas gerações mais jovens. Ela deu mentorias para artistas iniciantes e fundou o Weipa Festival para ensinar canções, danças e língua tradicional para as crianças.

Eiko Ishioka
1938–2012

DIRETORA DE ARTE E DESIGNER DE PRODUÇÃO

JAPÃO

Quando tinha 7 anos, Eiko já sabia que queria seguir os passos do pai e se tornar designer gráfica. No entanto, naquela época o design era uma carreira estritamente masculina. Apesar de o pai a ter alertado a respeito disso, ele não a impediu de tentar porque sabia que Eiko havia nascido para remar contra a maré.

Na faculdade, seus colegas homens não acreditavam que ela seria bem-sucedida, e, mesmo depois que ganhou um dos maiores prêmios em publicidade do Japão, diminuíram seu sucesso dizendo que ela só havia ganhado *porque* era mulher. Eiko jurou provar que eles estavam errados. Ela tinha um mantra: Atemporal, Revolucionário, Original. Tudo que ela criasse estaria de acordo com esses padrões. Eiko foi uma potência da publicidade por 20 anos! Sua **estética** única era inconfundível, e logo ela foi considerada a mais importante diretora de arte do Japão. Por sentir que tinha mais criatividade a oferecer e mais barreiras para quebrar, Eiko trocou de campo e começou a trabalhar no **design de produção,** criando cenários elaborados para filmes e peças de teatro.

Então ela tentou algo totalmente novo: design de figurinos. Francis Ford Coppola a contratou para criar figurinos para a adaptação que fez do clássico de Bram Stoker, *Drácula.* Eiko criou figurinos que eram a mais pura expressão da assustadora obscuridade da história. O resultado marcante é a primeira coisa associada com o filme. Pelo trabalho incrível, Eiko recebeu um Oscar em 1993!

Ela criou figurinos para artistas conhecidos por serem criativos, únicos e vanguardistas, como Bjork, Grace Jones, Julie Taymor e Tarsem Singh, além do Cirque du Soleil. Esses artistas estendiam os limites da beleza, e Eiko os ajudou a realçar essas ideias por meio do figurino e do design. Seus muitos prêmios são pouco para mostrar quão grande foi o impacto que teve no mundo dos figurinos, não somente para mulheres, mas para qualquer pessoa que goste de remar contra a maré!

Wangari Maathai
1940–2011

AMBIENTALISTA E ATIVISTA
QUÊNIA

Wangari nasceu no vilarejo queniano de Ihithe. Seus pais eram fazendeiros e membros do clã Anjiru de Kikuyu. Cada clã é marcado por um traço ou dom único; o de Wangari é conhecido pela liderança. Seu povo tinha uma forte conexão com a terra que, durante a juventude de Wangari, era exuberante e fértil, com abundância de alimento e estações bem marcadas que se alternavam com regularidade.

Mas o país estava mudando. O cultivo excessivo e o desmatamento assolaram a paisagem, e a revolução estava no horizonte. O Quênia estava havia muito tempo sob o comando britânico e, em 1952, começou a revolta dos Mau-Mau, logo apoiada por pessoas que desejavam a liberdade. Enquanto isso, encorajada por uma professora no Ensino Médio, Wangari desenvolveu o amor pela ciência. Ela recebeu o diploma de graduação em Ciências Biológicas e fez mestrado nos Estados Unidos. Na Universidade de Nairóbi, em 1971, se tornou a primeira mulher na África Oriental e central a receber o título de doutoramento.

Wangari trabalhou no Conselho Nacional de Mulheres no Quênia, cujo objetivo era apoiar e unir os diversos grupos espalhados pelo país, já que a nação, após conquistar a independência, começava a se formar. Ela propôs que as mulheres plantassem árvores como forma de conservar o meio-ambiente e melhorar a qualidade de vida. A ideia gerou o Movimento do Cinturão Verde, que se espalhou para diversos países. Wangari ajudou mulheres a plantarem mais de 20 milhões de árvores em fazendas, escolas e igrejas, um projeto que garantiu combustível para cozinhar e uma dieta mais nutritiva.

Em 2004, Wangari recebeu o Prêmio Nobel da Paz "por sua contribuição para o desenvolvimento sustentável, a democracia e a paz". Ela também foi membro do Parlamento do Quênia, defendendo os direitos humanos e das mulheres. Ela acreditava que a atitude positiva e a crença na bondade inerente das pessoas eram essenciais para fazer a mudança acontecer. Wangari era uma lutadora feroz e uma liderança da democracia, dos direitos humanos e da conservação do meio-ambiente.

Calypso Rose
1940–

CANTORA DE CALIPSO
TRINIDAD E TOBAGO

Calypso Rose, nascida McCartha Linda Sandy Lewis é natural de Tobago, a menor das duas ilhas que formam a República de Trinidad e Tobago. Apesar de ser uma pequena nação no Caribe, teve um grande impacto no mundo da música por ser o local de nascimento do calipso. Com fortes raízes populares, o estilo musical sempre refletiu a vida e as dificuldades das pessoas, mas é definido pelo ritmo repleto de batidas e vibrações. O Carnaval no Caribe é uma celebração do calipso e foi ali que Rose ficou famosa.

Apesar de ter crescido com problemas na fala que a faziam gaguejar e com um pai que não aprovava o Carnaval, Rose se sentia atraída por ele. Em 1955, aos 15 anos, escreveu sua primeira música: "Glass Thief". Inspirada em eventos reais, foi uma das primeiras músicas calipso a ter como foco o tratamento injusto que mulheres recebiam.

O calipso sempre foi definido por seus intérpretes masculinos mais famosos, e muitos entraram para a história ao ganhar a maior competição existente: O Rei do Calipso, que ocorria nas celebrações anuais do Carnaval. Em 1963, Rose entrou na competição, se apresentou com seu hit "Cooperation" e ganhou o título daquele ano! Nenhuma mulher havia ganhado o título antes, então ele nunca havia sido considerado excludente. Alguns anos depois, Rose ganhou novamente... e ainda mais uma vez. Em 1978, os organizadores do Carnaval mudaram o nome da competição para Monarquia do Calipso, incentivando que mais mulheres participassem!

O nome de Rose se tornou sinônimo de calipso. Ela escreveu mais de 800 canções e gravou mais de 20 álbuns. Ao longo de sua jornada, Rose quebrou barreiras e superou expectativas, ganhando reconhecimento por trazer uma forte perspectiva feminina para o mundo do calipso e usar a música para dar voz para as mulheres do Caribe.

Flossie Wong-Staal
1947-2020

VIROLOGISTA E BIÓLOGA MOLECULAR

CHINA, HONG KONG E ESTADOS UNIDOS

Nascida como Wong Yee Ching na China, Flossie fugiu da Revolução Comunista com a família quando tinha 5 anos, estabelecendo-se no que então era a colônia britânica de Hong Kong, onde estudou em uma escola católica. Ali os professores encorajavam a usar nomes ingleses e o pai escolheu o nome Flossie, o mesmo dado a um furacão recente. Talvez ele soubesse que um dia sua filha seria uma força a ser reconhecida!

No ensino médio, os estudantes precisavam escolher uma área de estudos: ciências ou humanidades. Flossie tinha interesse em literatura e poesia, mas escolheu as ciências. Estudou Biologia e Microbiologia nos Estados Unidos. As décadas de 1960 e 1970 foram um período empolgante para trabalhar na área, por causa das inúmeras descobertas. Flossie era de uma geração de pesquisadores que desejava fazer a próxima grande descoberta que ajudaria o mundo.

Em 1973, ela começou a trabalhar com **vírus** no Instituto Nacional do Câncer dos Estados Unidos. No começo da década de 1980, uma nova doença, diferente de qualquer outra que os médicos já tinham visto, estava se espalhando e provocando infecções incomuns e um câncer agressivo. Era chamada de síndrome da imunodeficiência adquirida (Aids). Um ano após o primeiro caso ser descoberto, mais de 100 pessoas já haviam morrido por causa dela. O tempo estava passando e era preciso descobrir o que estava acontecendo.

Determinou-se que o causador poderia ser um vírus e, em 1983, Flossie e sua equipe identificaram o HIV, o vírus da imunodeficiência humana. O primeiro passo para uma solução é identificar a causa do problema, por isso essa foi uma descoberta fundamental! Durante os 2 anos que se seguiram, Flossie trabalhou para ajudar a desenvolver um teste que identificasse portadores do vírus e para desenvolver um tratamento. Ela foi uma das cientistas líderes do mundo nesse assunto.

Flossie desenvolveu mais de 40 testes e procedimentos relacionadas ao HIV, à Aids e a outras doenças, provando que invenções e descobertas não precisam ser enormes em tamanho para serem impressionantes... algo microscópico pode mudar o mundo!

Zaha Hadid
1950–2016

ARQUITETA

IRAQUE E INGLATERRA

Aos 11 anos, Zaha sabia que queria projetar prédios. A mãe a deixou provar suas habilidades decorando alguns ambientes na casa. É seguro dizer que, mesmo quando ainda era criança, ela tinha um gosto impecável. Nascida em Bagdá, no Iraque, Zaha estudou Matemática na Universidade Americana de Beirute, no Líbano, e depois se mudou para Londres para estudar Arquitetura.

Na Escola de Arquitetura, seguiu as regras nos primeiros anos, mas se deixou levar no projeto final. Inspirada pelo trabalho do pintor abstrato russo Kazimir Malevich, recriou uma de suas obras como um prédio tridimensional. Ao se formar, deixou um grande impacto na escola por causa de seus projetos criativos e ideias futuristas.

Em 1979, Zaha abriu uma empresa de arquitetura em Londres. Ela ficou conhecida pela dinâmica das formas esculturais, com frequência usando formatos curvos que ocupavam o espaço e fluíam como água. Sua abordagem ousada da arquitetura chamou a atenção e foi premiada. Entretanto, muitos de seus projetos eram criticados por serem vanguardistas e pouco práticos. Ela foi chamada de "arquiteta de papel" porque suas criações raramente evoluíam da prancheta. Mas logo o mundo se renderia à visão de Zaha.

Entre seus prédios notáveis estão o Centro Aquático de Londres, criado para as Olimpíadas de 2012, e o Museu Nacional das artes do século XXI (MAXXI), em Roma, que lhe rendeu o Pritzker, tornando-se a primeira mulher a receber o prêmio mais prestigiado da Arquitetura. Ela foi nomeada Dama Comandante da Ordem do Império Britânico por suas contribuições nessa área.

Quando faleceu, aos 65 anos, era considerada uma das maiores arquitetas do mundo. Sua empresa continua a seguir sua visão, finalizando os projetos que ela tinha em andamento. Seus prédios elegantes são seu patrimônio duradouro para a humanidade.

Maya Lin

1959–

ESCULTORA E ARQUITETA

ESTADOS UNIDOS

Maya cresceu em Athens, na região de Ohio, em uma casa cercada por bosques. Ali brincava alimentando pássaros, tentando capturar coelhos e explorando as colinas – ela deu o nome de "as costas do lagarto" para sua colina favorita. Os pais de Maya, um ceramista e uma poetisa, sempre incentivavam sua criatividade.

Quando adulta, Maya queria seguir uma carreira que combinasse suas paixões: natureza, matemática, arte e ciências, por isso, estudou Arquitetura na faculdade. Em 1981, seu último ano, entrou em uma competição para criar o projeto do Monumento aos Veteranos do Vietnã, em Washington, D.C. Maya tinha uma ideia simples e elegante: uma parede em forma de V, fincada no chão, que teria os 58 mil nomes dos que morreram ou desapareceram na guerra gravados em granito preto polido. Ela não queria que o memorial fizesse alusão ao que as pessoas pensavam da guerra. Queria um espaço de reflexão e cura. Dentre as mais de 1.400 inscrições anônimas, a de Maya foi selecionada. Todos ficaram surpresos ao descobrir que ela era uma jovem mulher que ainda estava na faculdade!

Muitas pessoas criticaram o conceito, mas esse é, hoje, um dos monumentos mais visitados dos Estados Unidos. Ela também projetou o Memorial dos Direitos Civis que fica em Montgomery, Alabama, e várias outras obras de arte de grandes dimensões no país. Maya toma o cuidado especial de respeitar o ambiente, incorporando as formações naturais da terra e usando recursos renováveis.

Como artista, arquiteta e ambientalista comprometida, Maya busca fazer com que as pessoas tenham consciência de seus arredores, física e psicologicamente. Em 2005, ela entrou para o Hall da Fama Nacional das Mulheres, e em 2009 recebeu a Medalha Nacional de Arte. Maya busca novas perspectivas e formas criativas de celebrar a beleza do mundo natural.

Tarsila do Amaral
1886 - 1973

PINTORA

BRASIL

Tarsila do Amaral nasceu no interior de São Paulo e cresceu na fazenda de seu pai. Os animais e as cores da propriedade influenciaram toda a sua produção artística. Quando adolescente, se mudou para Barcelona para estudar o que atualmente é conhecido como Ensino Médio. Lá, aos 18 anos, pintou o seu primeiro quadro. Em 1920, foi para Paris, para estudar Artes Plásticas.

Sua amizade com a pintora Anita Malfatti fez com que Tarsila fosse introduzida ao Movimento Modernista Brasileiro. Ela se casou com o escritor Oswald de Andrade e os dois, ao lado de Anita e dos escritores Mário de Andrade e Menotti Del Picchia, formaram o Grupo dos Cinco. Juntos, eles promoveram saraus e outros eventos culturais importantes na cidade de São Paulo.

Em 1928, Tarsila pintou seu quadro mais famoso, *Abaporu*, um presente para Oswald de Andrade, que ficou encantado. O *Abaporu* é um símbolo de valorização da nossa brasilidade. O quadro, de estilo surrealista, desperta um olhar para o rompimento com padrões tradicionais de pintura. A artista é uma das responsáveis por revolucionar as Artes Plásticas no Brasil.

A obra de Tarsila é marcada por cores vibrantes. Ela eternizou o Brasil em quadros que retratam a nossa cultura popular, nossas lendas, festividades, flora e fauna. Seu grande projeto artístico foi produzir uma arte genuinamente nacional e popular. Em 2019, o Museu de Arte de São Paulo (MASP) promoveu a exposição Tarsila Popular, que se tornou a mais vista na história da instituição, com mais de 400 mil visitantes.

Uma das maiores pintoras do país, Tarsila influenciou gerações de mulheres a se encontrarem no mundo das artes. Seus quadros têm uma identidade inconfundível e marcante. Ela deixou sua marca no mundo artístico brasileiro e internacional, e suas pinturas estão expostas em museus do Brasil e do mundo.

Mais Pequenas Grandes Sonhadoras

São tantas mulheres visionárias em todas as partes do mundo e ao longo da história que seria impossível contar a história de todas neste livro. Os campos da Arte e da Ciência são vastos, então tentei reunir uma gama tão ampla quanto possível entre as muitas categorias e especialidades, além de regiões do planeta e tempos diferentes. Mas é claro que ainda há muitas histórias para contar.

Da primeira romancista conhecida às primeiras mulheres matemáticas, eis mais algumas pensadoras e criadoras que trilharam o próprio caminho. Se elas chamarem sua atenção, encorajo você a pesquisar mais a respeito delas. Use a seção de leituras, vídeos e áudios complementares para continuar seus estudos, seja por meio de livros, filmes ou na internet!

Há outros nomes famosos que você incluiria? Talvez alguém de outro campo, uma ativista, uma professora ou uma atleta? Uma compositora, uma fabricante de brinquedos ou uma chef? Talvez alguém cuja história nunca tenha sido contada? Ou até uma história que está no seu futuro? Seja como for, espero que as páginas a seguir encorajem você e sua curiosidade. Use-as para ir mais fundo e conduzir sua pesquisa. Consulte o glossário de termos se precisar.

Se inspire! Tente coisas novas! Faça perguntas! E compartilhe as coisas incríveis que descobrir!

HIPÁTIA DA ALEXANDRIA

cerca de 370–415

Filósofa, astrônoma, matemática e educadora. Foi uma das primeiras matemáticas da história e uma das últimas entre os grandes pensadores da Alexandria no Egito Antigo.

MURASAKI SHIKIBU

cerca de 978–1014

Poetisa, romancista e dama de companhia da corte do império japonês no período Heian. Autora de *O romance do Genji*, que se acredita ser o primeiro romance da história. Seu nome verdadeiro é desconhecido, apenas o pseudônimo entrou para a história.

ARTEMISIA GENTILESCHI

1593–1653

Pintora italiana conhecida pela habilidade de pintar corpos femininos com precisão e ressaltando o ponto de vista da mulher. Ela representou mulheres fortes da mitologia e da Bíblia em seu trabalho.

MARIA MITCHELL

1818–1889

Maria foi a primeira mulher a trabalhar como astrônoma nos Estados Unidos e a primeira cientista americana a descobrir um cometa, o Miss Mitchell. Ela defendia as mulheres na matemática e na ciência e ensinava Astronomia no Vassar College.

EDMONIA LEWIS

cerca de 1844–1907

Escultora norte-americana especializada em bustos. Ela estudou em Roma e se tornou a primeira mulher de ascendência afro-americana e de povos originários norte--americanos a ter reconhecimento internacional com sua arte.

EMMY NOETHER

1882–1935

Matemática alemã que desenvolveu uma importante teoria da Física conhecida como teorema de Noether. Albert Einstein e outros cientistas a consideram uma das mais importantes matemáticas de todos os tempos.

MARTHA GRAHAM

1894–1991

Dançarina e coreógrafa norte--americana conhecida como "mãe da dança moderna". Foi a criadora da técnica Graham, que enfatiza o potencial de expressão do corpo humano. Ela dançou e ensinou dança por mais de 70 anos.

URSULA NORDSTROM

1910–1988

Editora de livros norte-americana, responsável por uma mudança na literatura infantil ao produzir livros que apelavam diretamente para a imaginação das crianças. Alguns dos livros em que trabalhou são *A espiã*, *Onde vivem os monstros*, *Boa noite, Lua* e *A teia de Charlotte*.

IOLANI LUAHINE

1915–1978

Dançarina de dança havaiana, cantora e *kumu hula*, uma mestre no ensino da arte da hula. Ela é respeitada pelo seu conhecimento dessa cerimônia sagrada e celebrada por defender e conservar sua cultura.

ROSALIND FRANKLIN

1920–1958

Química inglesa que contribuiu significativamente para a pesquisa das estruturas moleculares do DNA, do RNA e dos vírus. Ela usou, com sucesso, o raio-x para fotografar o DNA, levando à descoberta da estrutura em dupla hélice.

SHIVANI

1923–2003

Uma das autoras mais populares da Índia. Ela foi pioneira na literatura e escreveu mais de 40 romances. Muitas de suas histórias foram publicadas em revistas de língua hindu. A primeira vez que teve um texto publicado ela tinha apenas 12 anos!

CORETTA SCOTT KING

1927–2006

Ativista de direitos civis e esposa de Martin Luther King Jr. Após o assassinato do marido, em 1968, ela teve um importante papel no Movimento dos Direitos Civis, aumentando seu alcance e promovendo o legado do marido, em parte ao batalhar para que o aniversário dele se tornasse um feriado nacional.

MIRIAM MAKEBA

1932–2008

Cantora e ativista sul-africana conhecida como Mama África, famosa por popularizar a música afro pop pelo mundo. Ela falava abertamente contra o regime do **apartheid** na África do Sul (e foi exilada por isso) e trabalhou como embaixadora da boa vontade para a Organização das Nações Unidas (ONU).

BUFFY SAINTE-MARIE

1941–

Musicista, artista e ativista canadense que usa seu trabalho e reputação para focar em problemas importantes para a comunidade dos povos originários. Fundadora do Cradleboard Teaching Project, que ensina às crianças a respeito dos nativos americanos e promove a comunicação intercultural.

SHIRLEY ANN JACKSON

1946–

Norte-americana especializada em Física Teórica. Ela foi a primeira mulher afro-americana a receber o título de doutorado no Instituto de Tecnologia de Massachusetts (MIT) e a receber a Medalha Nacional de Ciência. Ela também luta por mais diversidade no MIT.

CINDY SHERMAN

1954–

Fotógrafa e artista visual americana conhecida pelos retratos conceituais. Ganhadora de uma bolsa MacArthur (conhecida como bolsa dos gênios), ela é sua própria modelo (e maquiadora), e usa suas fotos para explorar a identidade e representação e subverter estereótipos das mulheres.

OLGA D. GONZÁLEZ-SANABRIA

1955–

Cientista e inventora porto-riquenha. Desenvolveu as baterias níquel-hidrogênio de ciclo longo de vida que ajudam a fornecer energia à Estação Espacial Internacional. Foi durante muito tempo a diretora de engenharia do Centro de Pesquisa John H. Glenn, na NASA.

MARYAM MIRZAKHANI

1977–2017

Matemática iraniana, professora em Princeton e Stanford e especialista em geometria de superfícies curvas. Em 2014, tornou-se a primeira mulher e primeira iraniana a ganhar a medalha Fields, o prêmio mais prestigioso para matemáticos.

Leituras Complementares

PARA LER, VER E ESCUTAR

Li muitos livros e artigos e assisti a muitos documentários enquanto pesquisava as mulheres que seriam selecionadas para este livro, tanto para a criação dos textos quanto das ilustrações. Por vezes, tive que deixar de lado partes muito legais de suas histórias. Mas se você tiver interesse (e espero que tenha!), pode usar os recursos a seguir para aprender mais sobre essas mulheres e começar sua pesquisa.

ASSISTA AO TRABALHO DELAS

A princesa e o plebeu (1953): figurino por Edith Head
At Land (1944): dirigido por Maya Deren
Espelho, espelho meu (2012): figurino por Eiko Ishioka
Sansão e Dalila (1949): estrelando Hedy Lamarr, figurino por Edith Head

OUÇA A MÚSICA DELAS

Calypso Rose: "Calypso Queen" (2016)
Rosetta Tharpe: "Strange Things Happening Every Day" (1944)
Violeta Parra: "Gracias a la Vida" (1966)

LIVROS DAS PEQUENAS GRANDES SONHADORAS

Edith Head: *The Dress Doctor*
Gyo Fujikawa: *Babies*
Mahasweta Devi: *The Queen of Jhansi*
Mary Blair: *I Can Fly*
Monir Shahroudy Farmanfarmaian: *A Mirror Garden: A Memoir*
Peggy Guggenheim: *Out of This Century: Confessions of an Art Addict*
Thancoupie Gloria Fletcher: *Guia de idioma e cultura Thanakupi: Um dicionário Thaynakwith*
Toni Morrison: *O olho mais azul*
Vera Rubin: *Bright Galaxies, Dark Matters*
Wangari Maathai: *Unbowed: A Memoir*

FILMES SOBRE AS PEQUENAS GRANDES SONHADORAS

Bombshell: a história de Hedy Lamarr (2017)
Calypso Rose – The Lioness of the Jungle (2011)
Imagine...: Toni Morrison Remembers (2015)
Maya Lin: A Strong Clear Vision (1994)
The Godmother of Rock & Roll: Sister Rosetta Tharpe (2011)
Walt & El Grupo (2008)

WEBSITES PARA PESQUISA

Art21.org
Corita.org
Guggenheim.org
Magicofmaryblair.com
NASA.gov
Nobelprize.org
Oscars.org
Pulitzer.org
Stellarium.org
Womensworldbanking.org
Yayoi-Kusama.jp
Zaha-hadid.com

FONTES

Aqui estão outras fontes que consultei durante minha pesquisa. Alguns destes livros não são fáceis de encontrar, mas muitos deles estão prontamente disponíveis. Todos são fascinantes.

ASCHENBRENNER, Joyce. *Katherine Dunham: Dancing a Life*. Urbana: University of Illinois Press, 2002.

CURIE, Marie. *Pierre Curie*. Mineola, NY: Dover Publications, 1923, 2012.

DAVIES, Carole Boyce. *Left of Karl Marx: The Political Life of Black Communist Claudia Jones*. Durham, NC: Duke University Press, 2007.

DEVI, Mahasweta. *Imaginary Maps: Three Stories*. New York: Routledge, 1995.

GODBOLE, Rohini M.; RAMASWAMY, Ram. *Lilavati's Daughters: The Women Scientists of India*. Bangalore: Indian Academy of Sciences, 2008.

HASSANI, Salim T. S. *1001 Inventions: The Enduring Legacy of Muslim Civilization*. Washington, DC: National Geographic Society, 2012.

ISAACS, Jennifer. *Thancoupie the Potter*. Sydney: Aboriginal Artists Agency, 1982.

ISAACSON, Walter. *The Innovators: How a Group of Hackers, Geniuses, and Geeks Created the Digital Revolution*. New York: Simon & Schuster, 2014 [Ed. Bras. *Os inovadores*: Como um grupo de hackers, gênios e geeks criou a revolução digital. São Paulo: Companhia das Letras, 2021].

ISHIOKA, Eiko. *Eiko Ishioka*. Singapura: Page One Pub, 2006.

JORGENSEN, Jay. *Edith Head: The Fifty-year Career of Hollywood's Greatest Costume Designer*. Philadelphia: Running Press, 2010.

LEE, Lily Xiao Hong; STEFANOWSKA, A. D. *Biographical Dictionary of Chinese Women*. 2 vols. Armonk, NY: M. E. Sharpe, 1998-2003.

MUNRO, John. *The Anticolonial Front: The African American Freedom Struggle and Global Decolonisation, 1945-1960*. Cambridge: Cambridge University Press, 2017.

PETERSON, Barbara Bennett. *Notable Women of China: Shang Dynasty to the Early Twentieth Century*. Nova York: Routledge, 2015.

SHAY, Anthony. *Choreographic Politics: State Folk Dance Companies, Representation, and Power*. Middletown, CT: Wesleyan University Press, 2002.

STANLEY, Autumn. *Mothers and Daughters of Invention: Notes for a Revised History of Technology*. New Brunswick, NJ: Rutgers University Press, 1995.

GLOSSÁRIO

ABORÍGENE Pessoas, plantas ou animais nativos de uma região. Aborígenes australianos são os povos originários da Austrália ou Tasmânia.

ALCALOIDE Composto químico que contém nitrogênio e é com frequência encontrado em plantas. Muitos têm propriedades medicinais e podem ser usados por humanos.

ANTROPOLOGIA Estudo de humanos e suas sociedades, culturas e desenvolvimento.

APARTHEID Regime de segregação racial da África do Sul que ocorreu de 1948 a 1994, comandado pela extrema-direita. Estabeleceu quatro raças no país (negros, asiáticos, brancos e pessoas multirraciais) e leis baseadas na supremacia branca que segregavam e discriminavam a população negra.

ARTE ABSTRATA Arte que não é baseada na realidade.

ATO DAS TRIBOS CRIMINOSAS Legislação em vigor na Índia durante o domínio britânico (a partir de 1871) que, de forma injusta, caracterizava pessoas de grupos étnicos indianos como criminosas e impunha duras restrições em suas rotinas.

ÁTOMO A menor unidade da matéria que ainda tem propriedades de um elemento químico. Tudo, incluindo este livro, é feito de bilhões e bilhões de átomos.

BOLSA GUGGENHEIM Prestigiosa bolsa de financiamento para acadêmicos e artistas para que possam realizar pesquisas ou estudos nas artes (criada por Simon Guggenheim, tio de Peggy Guggenheim).

CIDADE MISSIONÁRIA Cidade fundada por missionários cristãos por propósitos religiosos. É comum que construam uma igreja e uma escola.

COBOL Acrônimo de Common Business Oriented Language (linguagem comum orientada para negócios). Trata-se de uma linguagem de programação que se parece com o inglês, baseada na linguagem de programação FLOW-MATIC de Grace Hopper, que é com frequência citada como a "avó do COBOL".

CUBISMO Movimento de arte criado por Pablo Picasso e Georges Braque por volta dos anos 1900. A ideia era utilizar formas geométricas e diferentes pontos de vista para explorar a natureza de duas dimensões das telas.

DESIGN DE PRODUÇÃO O designer de produção cuida do departamento de arte e supervisiona o aspecto visual do que é apresentado no palco (teatro) ou em frente às câmeras (filmes, séries e programas de televisão).

DIÁSPORA AFRICANA Nome dado à migração forçada de africanos por meio de tráfico de pessoas escravizadas.

ESTÉTICA Uma teoria individual ou conjunto de ideias a respeito do que é bonito: estilo ou gosto pessoal.

ETNOGRAFIA Estudo de povos e suas culturas por meio da coleta de dados e observação.

EXPRESSIONISMO ABSTRATO Movimento artístico que surgiu durante a Segunda Guerra Mundial. Os artistas rejeitavam técnicas convencionais e criavam peças com linhas, cores e movimentos enérgicos que simbolizavam as emoções.

FUNDO ROSENWALD Fundo filantrópico criado em 1917 para "o bem-estar da humanidade" e usado em grande parte para melhorar a formação escolar de crianças negras no sul dos Estados Unidos.

GALÁXIAS ESPIRAIS Sistema com um vasto número de estrelas, unidas pelas forças gravitacionais, que tem a forma de um disco achatado e espiralado, com "braços" de estrelas (diferente das galáxias irregulares, que não tem formato definido).

MATÉRIA ESCURA Nome da parte não luminosa da matéria do universo, associada com a atração gravitacional, mas não detectável de forma direta. Não se sabe ao certo o que é, ou se é de fato "matéria", mas alguns cientistas acreditam que cerca de 30% do nosso universo seja feito dessa coisa escura que não emite luz ou energia.

PARTÍCULAS SUBATÔMICAS Partículas menores do que um átomo, como os prótons e os nêutrons do núcleo, e os elétrons, que ficam à sua volta. Outros tipos foram detectados e presumidos, incluindo componentes menores como os *quarks*.

POP ART Movimento de arte que surgiu na década de 1950, inspirado nas cores ousadas e brilhantes da cultura de massa e popular: propagandas, quadrinhos, rótulos de comida, logotipos etc.

RADIOATIVIDADE Energia liberada quando um átomo com núcleo instável (como o urânio) se divide.

REVOLUÇÃO INDUSTRIAL Período de rápida mudança na economia dos séculos XVIII e XIX na Europa e no mundo, desencadeada por avanços na tecnologia do maquinário industrial. Grande parte da produção deixou de ser feita por mãos humanas para ser feita pelas máquinas.

SURREALISMO Movimento artístico do começo da década de 1920 em que pintores e artistas retrataram imagens fantasiosas que muitas vezes vemos em sonhos ou imaginamos, mas que não estão na natureza.

TEHUANA Relacionado a Tehuantepec, cidade no estado mexicano de Oaxaca conhecida pelas mulheres empoderadas e seus vestidos tradicionais.

TEORIA DA GRAVIDADE DE NEWTON O princípio do matemático Isaac Newton descreve a atração entre dois objetos que têm massa, explicando em sua teoria que a força gravitacional diminui com a distância.

VANGUARDISTA Em francês, *avant-garde*, referindo-se a uma parte do exército que se move à frente do grupo. Termo usado para descrever abordagens novas, não usuais ou experimentais, especialmente o processo criativo dentro do mundo da arte.

VÍRUS Um pequeno agente infeccioso que se multiplica dentro das células de um hospedeiro vivo.

Agradecimentos

Maior. Era isso que eu queria. Ao escrever este livro, eu sabia que queria que ele fosse maior do que o primeiro. Que parecesse maior, cheio de histórias de pessoas incríveis ao redor do mundo. Minutos depois de escrever a primeira biografia, ficou claro para mim o quanto ele seria grande e importante. Havia muito para pesquisar, muito para aprender e muito a dizer. Da física experimental do século XIX até as roupas marroquinas, havia muitos desafios pela frente. Aprendi muito e descobri novas paixões. Mas nunca seria capaz de concluir este livro sem a ajuda e o apoio de pessoas atenciosas e talentosas.

Minha editora, Farrin Jacobs, merece a maior medalha de ouro que existe. Eu já a chamei de mágica, mas isso sugere que tem algo de místico no que ela faz. A verdade é que ela trabalha muito e é realmente boa no que faz. Ela faz a edição parecer fácil, e eu sei que não facilito o trabalho dela. Tivemos que ensinar tanta coisa uma para a outra, aprender sobre tudo e depois condensar em algumas palavras para preencher as pequenas biografias com o máximo de informação possível. Serei eternamente grata pelo trabalho e pela paciência comigo.

David Caplan é uma brisa fresca em meio ao caos. A atenção e a confiança dele de que estávamos criando algo bonito foi uma luz que me guiou o tempo todo entre as tempestades das pesquisas. Ter alguém com tanto conhecimento ao meu lado me ajudou a tornar o trabalho muito mais fácil.

Nicole Brown foi muito além com o design deste livro. Ela trabalhou sem parar para testar cada amostra de cor que eu enviava, e sempre encontrava formas de fazer minhas ideias funcionarem. Ela lidou com meus arquivos bagunçados e é uma pessoa maravilhosa para se trabalhar. Obrigada a todos na Little, Brown por me receberem em seus escritórios e pelo apoio para que o livro acontecesse.

Minha agente, Carrie Hannigan, está comigo desde o começo. Ela é a pessoa que viu cada ângulo deste processo e sabe tudo o que foi preciso fazer para que este livro fosse finalizado. É uma jornada muito empolgante e que às vezes dá nos nervos, e eu não gostaria nem por um segundo de fazer isso sozinha. Ela e o time da HSG são minhas fortalezas. Agradeço a Jesseca Salky por me guiar e me apoiar. Ellen Hoff foi uma heroína quando precisei, e olha que abusei muito dela: perguntei sobre arte, pedi para verificar fatos e conselhos sobre figurino e ela me ajudou em tudo.

Obrigada a todas as pessoas que me ajudaram a encontrar os nomes e a resolver pedaços estranhos da pesquisa, além de fornecerem seus conhecimentos pessoais e profissionais: Anna Barnes, Anna Prendella, Jen Graham, Erika Schwartz, Azedeh Navai,Arpita Kumar, Kevin Everson, Kwesi Johnson e Betzy Bromberg.

Como sempre, devo o maior agradecimento a vocês, Ted, Chandra e Nicole Harrison, meus maiores fãs e apoiadores mais fiéis, minhas cobaias e estrategistas.

Por último, para todas as meninas e mulheres do mundo que estão agindo, experimentando e fazendo perguntas, eu só quero agradecer por serem corajosas para seguir suas paixões e sonharem grande.